ISBN 978-2-211-21359-2
Première édition dans la collection *lutin poche*: juin 2013

Loi 49 956 du 16 juillet 1949 sur les publications
destinées à la jeunesse: septembre 2006
Dépôt légal : juin 2013
Imprimé en France par Pollina à Luçon - L64485

Kitty Crowther

POKA & MINE

Au musée

Pastel
lutin poche de l'école des loisirs
11, rue de Sèvres, Paris 6e

Aujourd'hui, c'est samedi.
Poka emmène Mine au musée d'art tribal.

«Regarde les antennes de celui-ci, Mine», dit Poka.

«Poka, je dois faire pipi.»
«Viens, on va trouver des toilettes.»
«Non, Poka, toute seule !»
«D'accord, Mine.»

Mine demande au gardien du musée
où sont les toilettes.
«À droite, deuxième couloir à gauche»,
répond le gardien.

«Par ici et puis par là», chuchote Mine.

« Les toilettes des filles,
c'est ici. »

«Enfin, pas trop tôt !»

Mine cherche la sortie.
« Zut, un placard à balais ! »

«Zut et rezut, encore des toilettes !»

Mine ne reconnaît plus rien.
«Il y a beaucoup trop de portes ici…
Et si j'en ouvrais une autre ?»

«Oups, pas celle-ci !»
Mine referme vite la porte.

Mine est perdue. Elle va pleurer.
Mais… mais… qui pleure derrière elle ?

«Qu'est-ce qui t'arrive, petit puceron ? Tu es perdu ? Un grand garçon comme toi ne devrait pas pleurer.»

«Ne t'inquiète pas.
Nous allons trouver la sortie.»

Quelques portes et quelques escaliers
plus tard, Mine dit :
« Tu vois, petit puceron, elle est là,
ta maman ! »

«Ça a été ?» demande Poka.
«Oui, oui», répond Mine.